Succession de Madame V...

MOBILIER ARTISTIQUE

ANCIEN ET MODERNE

Diamants, Bijoux, Argenterie

TABLEAUX ANCIENS

EXPOSITION PUBLIQUE

Le Mardi 26 Mai 1885, de une heure à cinq heures

M⁰ MACIET	**M. B. LASQUIN**
COMMIS⁰ᵉ-PRISEUR	EXPERT
rue Saint-Honoré, 165	rue Laffitte, n⁰ 12

PARIS — 1885

Vᵛᵉ RENOU ᴇᴛ MAULDE

IMPRIMEURS DE LA COMPAGNIE DES COMMISSAIRES-PRISEURS

Rue de Rivoli, 144

CATALOGUE

D'UN

MOBILIER ARTISTIQUE

ANCIEN ET MODERNE

Bronzes d'art et d'ameublement, Sculptures, Curiosités
Porcelaines et Faïences

DIAMANTS, BIJOUX, ARGENTERIE

TABLEAUX ANCIENS

ET DESSINS

AMEUBLEMENTS

DE SALLE A MANGER, DE SALONS ET DE CHAMBRES A COUCHER

En noyer ciré, palissandre, acajou et bois sculpté

RIDEAUX, TAPIS

Vaisselle et Verrerie, Linge de maison

COUPÉ DE BINDER

DONT LA VENTE AURA LIEU

PAR SUITE DU DÉCÈS DE MADAME V...

En vertu d'ordonnance, sans attribution de qualités

HOTEL DROUOT, SALLE N° 2

Les Mercredi 27, Jeudi 28 et Vendredi 29 Mai 1885

A DEUX HEURES

Par le ministère de **Me MACIET**, Commissaire-Priseur à Paris,
rue Saint-Honoré, 165,
Assisté de **M. B. LASQUIN**, Expert, rue Laffitte, 12.

EXPOSITION PUBLIQUE

Le Mardi 26 Mai 1885, de une heure à cinq heures.

PARIS — 1885

CONDITIONS DE LA VENTE

—

La vente aura lieu expressément au comptant.

Les Acquéreurs paieront CINQ POUR CENT en sus du prix d'adjudication.

DÉSIGNATION

TABLEAUX ET DESSINS

1 — **Backhuysen** (Attribué à Ludolff). Combat naval entre les flottes anglaise et hollandaise. Signé du monogramme, à gauche, sur une épave.

2 — **Balen** (Attribué à Van). Le Repos de la Sainte Famille.

3 — **Berré** (Genre de). Le Départ pour le marché.

4 — **Bidault.** Lisière de bois avec deux figures.

5 — **Boucher** (Attribué à). Femme nue couchée sur un lit de repos.

6 — **Breughel.** L'Abreuvoir, paysage avec figures.

7 — **Breughel.** La Route, paysage avec figures.

8 — **Breughel** (J). Paysage des environs de Saardam, animé de figures. Signé à gauche.

9 — **Bruandet.** Entrée de Forêt (Parcage de bestiaux). Deux pendants.

10 — **Canella.** Places de Villes italiennes. Deux pendants.

11 — **Caré** (Michel). Pâtres et Bestiaux.

12 — **Charpentier** (Genre de). Le Retour des champs.

13 — **Lorrain** (Claude). Pâtres et Bestiaux dans un paysage.

14 — **Le Boys** (Genre de). Paysage.

15 — **Duplessis-Bertaux.** Vue d'un Camp (Dessin).

16 — **Ecole française.** Jeune Fille tenant une couronne de roses.

17 — **Ecole française.** Les Baigneuses, sujet romantique de deux figures. Deux pendants.

18 — **Ecole italienne.** Le Repos sur l'herbe.

19 — **Ecole italienne.** La Visitation Peinture sur ardoise.

20 — **Ecole italienne.** Petit Paysage dans un cadre sculpté.

21 — **Ecole vénitienne.** Les Disciples d'Emmaüs.

22 — **Ecole moderne.** Petite Marine.

23 — **Ferg.** Le Maréchal-ferrant.

24 — **Garnier.** Deux Scènes mythologiques tirées de l'histoire d'Anacréon.

25 — **Greuze** (D'après). La Cruche cassée.

26 — **Gysels.** Lapins et Volatiles.

27 — **Guido-Reni** (D'après). Tête de Christ.

28 — **Hergenroeder.** Intérieurs de grottes avec figures. Deux pendants.

29 — **Hervy** (Paul). Réunion galante.

30 — **Hue.** Paysage avec rivière traversée par un pont de pierre. Au premier plan, des bestiaux à l'abreuvoir. Signé et daté an V.

31 — **Jeaurat.** Bande de malfaiteurs surprise par la maréchaussée.

32 — **Loo** (D'après Van). Portrait d'un Commandant d'armée.

33 — **Mallet.** Le Lever.

34 — **Miéris** (Genre de). Femme jouant de la guitare. — Jeune Fille de profil.

35 — **Milani.** Saint Antoine de Padoue.

36 — **Momper** (Attribué à J. de). Entrée de port.

37 — **Netscher.** Portraits de deux enfants. Peinture sur cuivre.

38 — **Omméganck** (B.-P.). Moutons au pâturage.

39 — **Ruysdaël** (Genre de). Paysage avec rivière et chute d'eau.

40 — **Santerre** (Genre de). Trois Enfants.

41 — **Téniers** (D'après). Kermesse flamande.

42 — **Valin** (Attribué à). Léda et le Cygne. — Nymphe endormie. Deux pendants.

43 — **Vernet** (Joseph). La Pêche au clair de lune.

44 — **Vernet** (Carle). Halte de lanciers. Dessin à l'encre de Chine, rehaussé de blanc.

45 — **Vinckeboons.** Kermesse flamande. Composition d'un grand nombre de figures, gravés par Bolsverd et Fischer en 1634.

46 — **Watteau** (Genre de). Amusements dans le parc : le Colin-Maillard et la Danse. Deux pendants.

47 — **Watteau de Lille** (Genre de). Fête de village.

48 — **Watteau** (Genre de). Deux pendants : Fêtes champêtres.

49 — **Watteau de Lille** (?). Paysage avec figures.

50 — **Wille** (Attribué à). Portrait de Mme de Genlis.

51 — **Wynants** (D'après). Pont de bois sur un torrent.

52 — **Wynants** (D'après). Paysage.

53 — Tableau. Portrait d'homme du temps de Louis XIII.

54 — La petite Marchande de balais.

55 — Deux petits tableaux ovales : Paysages avec figures.

56 — Petite Peinture sur bois : Femme et Enfant.

57 — Aquarelle : La jeune Mère.

58 — Deux Gouaches dans le genre de Blarenberghe : Camp et Marche d'armée.

59 — Deux Gouaches d'après Watteau : Scènes galantes.

60 — Pastel ovale : Jeune Fille en buste.

61 — Miniature. Portrait de femme en chapeau de paille.

DIAMANTS ET BIJOUX

62 — Trois Étoiles, ornées de brillants.

63 — Une Croix, crnée de douze brillants.

64 — Demi-Rivière, composée de sept brillants.

65 — Deux Bracelets en or, montés de brillants.

66 — Une Broche, forme fleur, ornée de brillants.

67 — Bracelet en or, en forme de ruban, monté de brillants et de perles, avec chiffre.

68 — Bracelet, monté d'un camée et de petits brillants.

69 — Bracelet, orné d'un grenat et de quatre brillants.

70 — Bracelet, forme ruban, monté de quatre brillants et d'une émeraude.

71 — Quatre Boutons de chemise en or, montés de petits camées, rubis et émeraudes.

72 — Trois autres Boutons de chemise, montés de petits brillants et de rubis.

73 — Bague marquise, montée de brillants.

74 — Bague, montée d'un saphir et de petits brillants.

75 — Bague, montée d'une turquoise et de petits brillants.

76 — Bague, montée de brillants et de rubis.

77 — Deux Bagues, montées de petites émeraudes et de brillants.

78 — Une Bague, montée d'un rubis et de petits brillants.

79 — Deux Boucles d'oreilles en or, avec petites roses et chiffres en roses dans un médaillon en cristal.

80 — Une Bague, montée d'un brillant.

81 — Bague. montée de cinq brillants.

82 — Deux autres Bagues, montées de petits brillants.

83 — Bague, ornée d'un saphir et de petits brillants.

84 — Bague marquise, ornée de petits brillants.

85 — Broche, avec Pendants et deux Boucles d'oreilles, montés de brillants et d'émeraudes.

86 — Médaillon et deux Boucles d'oreilles, montés de brillants et d'émeraudes.

87 — Broche, ornée de brillants et d'une émeraude.

88 — Broche-Médaillon, ornée d'une améthyste et de brillants.

89 — Broche-Médaillon, avec Pendants ornés de brillants.

90 — Deux Pendants et deux Boucles d'oreilles, ornées de brillants.

91 — Une petite Épingle, montée de brillants.

92 — Montre d'homme en or, avec chaîne de gilet, breloques et cachet en or.

93 — Petite Montre de femme en or.

94 — Montre de femme en or, avec chaîne de col.

95 — Quatre Bracelets divers en or.

96 — Bracelet en or et lapis.

97 — Grand nombre de Bijoux, tels que : Colliers en corail, Bracelets en argent, Broches et Boucles d'oreilles en or et pierres fines, Médaillons, Épingles de cravate ornées de petits brillants, Bagues ornées de turquoises, Collier en or, Pomme de canne en or émaillé, Face-à-Main en or, Chaîne de col en or, et autres Bijoux.

ARGENTERIE

98 — Un Plat long, un Plat creux, deux Plats ronds en argent.

99 — Une Cafetière, un Pot à crème et un Moutardier en argent.

100 — Une Théière, une Tasse à bouillon et son Plateau, un Pot à crème en argent.

101 — Une Timbale, une Cuiller à punch en argent.

102 — Douze Couverts à filets, une Louche, une Cuiller à ragoût, douze Couverts d'entremets, douze Cuillers à café, deux Pelles à sel en argent, marqués M P.

103 — Six Couverts à filets, marqués J. V., avec une Fourchette et deux petites Cuillers à café.

104 — Couteaux de table et à dessert, Service à découper.

—

BRONZES

105-106 — Deux Statuettes en bronze (Baigneuses), d'après Falconet et Allegrain, avec fûts cannelés en bois noir.

107 — Deux Statuettes équestres en bronze : François Ier et Henri IV.

108 — Groupe de deux Figures en bronze, d'après Labroue.

109 — Brûle-Parfums en bronze chinois : Éléphant supportant une pagode.

110 — Brûle-Parfums en bronze chinois : Philosophe monté sur un cerf.

111 — Grand Cornet carré en bronze de la Chine.

112 — Deux Candélabres à bouquets de lys en bronze, montés sur des potiches en porcelaine du Japon.

113 — Deux Candélabres et deux Flambeaux à figures en bronze doré, de style Louis XIV.

SCULPTURES

114 — Statuette en marbre blanc : Jeune Femme lisant.

115 — Groupe en marbre blanc : la Naissance de l'Amour.

116 — Groupe de deux Enfants en marbre blanc.

117 — Statuette de Baigneuse en marbre blanc.

118 — Petit Groupe en marbre : Esméralda et sa Chèvre.

PORCELAINES ET BIJOUX

119 — Deux Vases genre Louis XVI en porcelaine, fond gros bleu, décorés de sujets et de médaillons, avec montures en bronze.

120 — Deux Statuettes japonaises en porcelaine.

121 — Deux Vases en porcelaine de Chine, à fond jaune, avec caractères en relief.

122 — Deux Vases ovoïdes en porcelaine, décorés de peintures représentant des sujets de chasse.

123 — Deux grands Vases en porcelaine moderne du Japon.

124 — Deux Vases ovoïdes en porcelaine, à médaillons de figures et de fleurs sur fond gros bleu.

125 — Coupe en vieux Japon, montée en bronze.

126 — Coupe en porcelaine, décorée de fleurs, montée en bronze.

127 — Deux Assiettes en porcelaine de Sèvres, montées en bronze.

128 — Deux Bols en faïence de Delft, décor polychrome.

129 — Grande Bouteille en faïence de Delft, à décor bleu.

130 — Grande Potiche en faïence de Delft, à décor bleu.

131 — Deux Plats en porcelaine du Japon, à décor bleu, rouge, vert et or.

132 — Soupière et son Plat en porcelaine de l'Inde.

133 — Deux Bols et deux Compotiers en vieux Japon.

134 — Cinq Assiettes en porcelaine de Chine, émaillée.

135 - Faïences diverses.

136 — Porcelaines diverses.

137 — Groupe en biscuit de Sèvres : Baigneuse sortant
du bain.

138 — Grand Groupe en biscuit : le Triomphe d'Am-
phitrite.

139 — Porte-Bouquet en cristal avec pied en bronze,
groupe des deux figures de Flore et de Zéphir.

140 — Coupe en cristal gravé, montée en bronze.

MEUBLES ARTISTIQUES

141 — Pendule de style Louis XIV en marqueterie de
cuivre et d'écaille, ornée de bronzes.

142 — Cabinet Louis XIII en marqueterie de bois, avec
support à colonnettes.

143 — Commode en bois satiné, garnie de bronze et à
dessus de marbre.

144 — Table de style Louis XIII en marqueterie de bois
et incrustée d'ivoire.

145 — Cabinet Louis XIII en bois d'ébène, orné de
peintures à l'intérieur, dans la manière de
Breughel.

146 — Table plaquée d'écaille, de style Louis XIII.

147 — Table de style chinois en bois noir.

148 — Cabinet en laque, avec son support à torsades.

149 — Deux Torchères en bois sculpté, à figures d'enfants debout sur des bases triangulaires, à ornements et mascarons, et supportant des coquillages.

150 — Baromètre Louis XVI en bois doré.

151 — Glace dans un cadre Louis XIV en bois sculpté et doré.

152 — Glace dans un cadre ancien en bois sculpté et doré en partie.

153 — Vide-Poche en bois sculpté, doré et peint à feuillages et oiseaux.

154 — Écran chinois en broderie de soie, avec monture en bois découpé à jour.

155 — Glace Louis XVI à bordure en bois sculpté.

MOBILIER

Ameublements de salle à manger, en noyer ciré, de salons et de chambres à coucher.

Rideaux et Tentures.

Tapis.

Bronzes d'ameublement.

Pendules et Candélabres.

Galeries de foyers.

Lustres.

Vaisselle et Verrerie.

Literic.

Linge et Garde-Robe.

COUPÉ DE BINDER.

Vve Renou et Maulde, imprimeurs de la Compagnie des Commissaires-Priseurs,
rue de Rivoli, 144.   300—58263